Die junge Mutter

Stephan Milow

Das Bild vergess' ich nie. Es war an den Ufern des herrlichen Gardasees im Städtchen Riva. Ich hatte mich im Hotel *al Sole d'Oro* eingemietet mit der Absicht, hier mehrere Monate – vom Frühherbst in den Winter hinein – zu verbringen. Als ich bald nach meiner Ankunft den kleinen, von den Wellen des Sees umspülten Hotelgarten aufsuchte, war er fast leer, denn die Gäste hatten schon abgespeist und sich zerstreut. Nur ein Tischchen, in dessen Nähe ich mich niederließ, war noch besetzt. Es saß daran eine zarte blonde Frau mit einem Knaben von etwa sechs Jahren. Beide fesselten sogleich meinen Blick. Erschien ihr noch jugendlich schönes Antlitz wie verklärt von einem stillen Schmerze, und lag in jeder ihrer Bewegungen ein wundersamer Adel, so fiel mir daneben die Unbehilflichkeit des Knaben auf; er drängte sich tölpisch an seine Begleiterin, und sie speiste ihn wie ein kleines Kind. Als ich näher zusah, gewahrte ich, daß er gelähmt sein mußte, und sein lockenumwalltes Gesicht, das ganz hübsch war, wies zwei trübe, seelenlose Augen. Unablässig mit ihm beschäftigt, wandte sie keinen Blick von ihm. Da er jetzt genug gegessen hatte, drückte sie leise sein Haupt an ihre Brust, damit er ruhe. So zärtlich liebevoll konnte nur eine Mutter sein, und die Verwandtschaft zwischen beiden offenbarte schon die große Ähnlichkeit in ihren Zügen. Ich war von dem Anblick mächtig gebannt, wie die Mutter mit gesenktem Auge dasaß, ihr schlummerndes Kind in den Armen, während durch das vom Lufthauch leicht bewegte Blätterdach, das sie überwölbte, manchmal ein blitzendes Licht auf sie fiel. Und dazu diese träumerische Stille und im Hintergrunde des Bildes der in der Mittagsglut leis zitternde Wasserspiegel des Sees! – Nach einer Weile regte sich der Knabe wieder, und sie brach jetzt mit ihm auf. Da sah ich auch, daß er hinkte; sie mußte ihn mühsam mit sich fortschleppen.

Ich erkundigte mich nun beim Kellner, wer meine Tischnachbarin sei. Die Baronin Stockach! lautete die Antwort. Da fuhr ich nicht wenig überrascht auf. Die Baronin Stockach! Dann war sie ja die Frau meines besten Jugendfreundes, die mich, ohne daß ich sie kannte, im Gedanken schon soviel beschäftigt hatte. Welch ein Zusammentreffen! Die Frau meines Herbert! Ich flog sinnend zurück in die Vergangenheit.

Stockach und ich hatten unsere Universitätsstudien gemeinsam in Wien vollendet und waren durch Jahre im engsten Verkehr. Dann ging er in die Provinz. Im Anfange schrieben wir uns ziemlich fleißig.

So erfuhr ich, daß er liebte und bald darauf, daß er die Geliebte als Weib heimführte. Nun kamen seine Briefe immer seltener, bis sie endlich ganz ausblieben. Mein Jugendfreund war meinem Auge entschwunden, das Leben hatte uns getrennt. Erst im verflossenen Frühjahr sollte ich ihn in der Residenz wiedersehen, aber unter welchen Umständen! Ich hatte an einem schönen Maitage einen Ausflug in den von mir so geliebten Dornbacher Park gemacht, und wandte mich eben, einsam dahinschreitend, den stilleren Waldpartien zu, als an einer jähen Biegung des Weges Herbert, ein dunkelhaariges schönes Weib am Arm, plötzlich vor mir stand.

»Herbert!« rief ich freudig überrascht und schüttelte ihm die Hand. »Du hier? Und ohne daß du dich mir angekündigt?«

Er zögerte mit der Antwort und schien betreten. Aus seinen Briefen wußte ich, daß er eine Blonde gefreit hatte; die ich vor mir sah, konnte also nicht seine Frau sein. Was ist da geschehen? klang es in mir, und da er noch immer schwieg, rüttelte ich ihn mit den Worten auf: »Willst du mich nicht vorstellen?«

»Sarolta, das ist ein lieber alter Freund von mir!« Mehr brachte er nicht heraus.

Mir ward recht unbehaglich zumute, so daß ich schon auf einen Vorwand sann, um mich von den beiden wieder zu trennen. Aber da sagte das weibliche Wesen an seiner Seite mit der größten Unbefangenheit: »Ein alter Freund? Also gehen wir zusammen!« Ich kehrte denn um und schloß mich ihnen an.

Stockach blieb fortwährend ziemlich einsilbig. Er sprach von der mit mir verlebten Zeit und fragte mich, wie es mir seither ergangen sei; aber auf sich selbst und die Gegenwart wollte er nicht kommen. Um so lebhafter schwatzte mit mir seine Begleiterin; sie nahm mich gleich wie einen alten Bekannten. Jetzt erst sah ich sie mir näher an. Es war ein überaus reizendes Geschöpf, schlank gebaut, mit funkelnden Augen und einem allerliebsten Gesichtchen, das, wie der Akzent ihrer Rede, sogleich die ungarische Rasse verriet. Auch machte die freie Weise, mit welcher sie sich gab, nicht gerade einen ungünstigen Eindruck; denn es lag darin viel Natürlichkeit.

Der Abend verlief nun ganz eigen; ich unterhielt mich fast immer nur mit Sarolta, während Herbert wie ein Überflüssiger neben uns herging, und hätte ich mir über dieses Paar nicht so wenig erfreuliche

Gedanken machen müssen, ich wäre zuletzt selbst bester Laune gewesen.

Endlich fuhren wir zusammen in die Stadt zurück.

Bevor wir uns trennten, sagte Herbert: »Ich besuche dich morgen früh. Hast du noch die alte Wohnung?«

Ich nickte bejahend, und Sarolta reichte mir mit dem anmutigsten Lächeln die Hand zum Abschiede.

Den andern Morgen sprach Herbert richtig bei mir vor. Es war, wie ich mir's dachte: er hatte sein Weib verlassen und zog nun mit der schwarzen Schönen durch die Welt. »Du wirst mich verdammen,« schloß er sein Bekenntnis; »aber daß du nur wüßtest, wie das alles gekommen!«

»Freilich,« gab ich zurück, »wer richtet, ehe er alles überschaut?«

Er schien seine Gedanken zu sammeln und sagte: »Kann ich dir's auch klarmachen? Das muß man erlebt haben. Beim Himmel, ich liebte mein Weib wahrhaft, und mir schien es einst, daß auch sie mich liebte.«

»Wenigstens waren die Briefe, die du mir über die Geliebte schriebst, voller Begeisterung,« schaltete ich ein.

»Aber welche Enttäuschung erwartete mich!« fuhr er fort. »Was ich, solang ich um Hilda warb, für mädchenhafte Scheu nahm, erwies sich, da sie mir angetraut war, als nicht zu bannende Kälte, so daß mir an ihrer Seite endlich das eigene Herz erstarrte. Kannst du dir eine Liebe denken, die nie überquillt? Trotzdem war es immer noch möglich, daß ich ihr Unrecht tat. Nun kam aber das Schlimmste. Hilda gebar mir im zweiten Jahre unserer Ehe einen Knaben, ein krüppelhaftes krankes Geschöpf. Wie sie nun Mutter geworden war, vergaß sie völlig den Gatten. Sie hatte nur noch Aug' und Ohr für den Kleinen; je erbarmungswürdiger er erschien, desto inniger umklammerte sie ihn mit ihrer Liebe. Ich litt darunter zu sehr, um das schön und rührend zu finden. Warum vermochte ich ihr nie ein Fünkchen dieser Wärme zu wecken? Es lag am Tage, ich war ihr nichts, und sie ließ mir nicht einmal den Anteil an unserem Kinde. Wollte ich es in die Arme nehmen, fürchtete sie, ich könnteihm weh tun und schob mich weg. Wahrhaftig, unser Kind, statt uns enger zu verbinden, trennte uns erst ganz. Ich gab jetzt mein Weib auf und floh endlich mein eigenes Haus, um mich zu zerstreuen. Du weißt, daß unser Städtchen ein halber Badeort war, in dem es zur Sommerszeit nie an Gästen fehlte. So lernte ich Sarolta, eine junge Witwe aus Ungarn, kennen und war bald in ihrem Banne. Lebhaft, sprühend, in ihrem ganzen Wesen das Widerspiel Hildas – doch du hast sie ja gesehen.«

»Ich habe sie gesehen, und du denkst wohl, das wird mir alles am besten erklären, nicht wahr?« versetzte ich.

»Ja, aber ich erwarte keineswegs, daß du mich freisprichst. Du vermöchtest mir auch nimmermehr das eigene Gewissen zu entlasten.« Und ich merkte, wie bei diesen Worten seine Miene schmerzlich zuckte. »Laß mich's dir gestehen,« fügte er nach einer Pause bei, »kaum hatte ich mich mit diesem Weibe verloren, als in mir eine große Wandlung vor sich ging. Ich konnte meines neuen Glückes nicht froh werden. Hilda tauchte in meiner Erinnerung immer wieder wie ein mahnender Geist auf, so daß ich die schon eingeleitete Scheidung nur lässig betrieb. Dazu trug am meisten ein Brief bei, den sie, kurz nachdem ich sie verlassen, an mich gerichtet hatte. Der edel entsagungsvolle Ton, mit dem sie von mir Abschied nahm, schien mir zugleich von einem so echten inneren Weh durchzittert, daß ich überrascht und ergriffen war. Was hat sie dir im Grunde getan? fragte ich mich. Wie ich sie jetzt vor mir sah, war sie wieder ganz das zauberische stille Geschöpf, das mich einst so mächtig bestrickte. – Sarolta mochte merken, was mich bewegte, und suchte mich bald durch ihre Laune aufzuheitern, bald schmollte sie. So ist jetzt auch mein Verhältnis zu ihr kein völlig ungetrübtes mehr. Aber was frommen alle diese Betrachtungen? Ich habe mein Teil erwählt und mag sehen, wie ich mich damit abfinde. Hilda gegenüber kann ich nur noch das eine tun: ihr durch unsere Ehescheidung die volle Freiheit zurückgeben.«

Ich war nachdenklich geworden. Mein lieber Herbert mit den sanften Zügen und dem weichen Herzen, der sonst jedem stets so rücksichtsvoll begegnete, wohin hatte er sich seinem Weibe gegenüber fortreißen lassen! Die evangelische Religion der beiden Ehegatten gestattete allerdings eine völlige Scheidung; aber wußte ich nicht genug, um vorauszusehen, daß Herbert seinen Schritt noch schwer büßen werde? Trotzdem war es jetzt für gute Ratschläge zu spät, und ich sagte nur: »Das ist mir ein recht schmerzliches

Wiedersehen. Da ich so lange nichts von dir hörte, glaubte ich, es sei dein Glück, das dich den Freund vergessen ließ; jetzt bin ich anders belehrt.«

Er wurde immer ernster, und seine Stimme klang recht beklommen, als er erwiderte: »Ich habe mit meinem Weibe auch meine Stellung aufgegeben. Endlich muß ich daran denken, mir wieder ein geordnetes Leben einzurichten und etwas zu schaffen. Wie wird's auch damit aussehen? Aber endigen wir!« Er reichte mir mit niedergesenktem Auge die Hand. »Ich reise in wenigen Tagen ab. Nimm mir's nicht übel, wenn ich dich nicht mehr aufsuche. Es ist besser so, und auch schreiben will ich dir nicht früher, als bis sich in meinem Leben etwas Entscheidendes begeben.«

Mit diesen Worten ging er, und ich hatte seither nichts mehr von ihm vernommen.

Das alles glitt mir jetzt durch das Haupt, nachdem ich erfahren, mit der Baronin Stockach im selben Hotel zu wohnen. So kannte ich nun auch Herberts Frau – und daß sie nicht etwa eine andere dieses Namens war, das bewies mir zweifellos ihr krankes Kind – ich kannte auch sie, die er um die heißblütige Ungarin verlassen, und als ich mit meinen Gedanken wieder ihr Bild festhielt, wie ich es soeben geschaut, erschien mir die Tat ihres Gatten völlig unbegreiflich.

Ich traf von nun an fast jeden Tag mit Hilda Stockach im Gärtchen zusammen, in dem ich wie sie später als die anderen Gäste das Mahl einzunehmen pflegte, so daß wir fast immer allein waren. Natürlich beobachtete ich sie jetzt doppelt aufmerksam, und ich ward immer neu gerührt von den Zügen ihrer aufopfernden Mutterliebe. Sie hatte eine Kammerzofe bei sich, die aber nur manchmal etwas herzutrug; dem Knaben selbst, der auch gar nicht deutlich sprechen konnte und sich bloß durch Zeichen verständlich machte, durfte sie nicht den kleinsten Dienst leisten. Die Mutter blieb als sorgliche Pflegerin unablässig an seiner Seite.

Da sollte mich unversehens ein jäher aufregender Zufall mit meiner Tischnachbarin in nähere Berührung bringen. Eines Nachmittags – Hilda saß mit ihrem Knaben nicht weit von mir auf dem gewohnten Plätzchen und speiste ihn mit den Früchten des Nachtisches – hörte ich plötzlich ein Röcheln und gleich darauf den Schrei: »Gottfried! mein Gottfried!« – Mein Blick flog hinüber: da lag der Kleine auf dem

Schoße der Mutter, mit den herabhängenden Füßen strampelnd, während sie ihn am Genick heftig rüttelte.

Ganz unwillkürlich stürzte ich nun selbst hin. »Was ist geschehen? Kann ich helfen?« rief ich.

»Er erstickt. Es ist ihm etwas im Schlund stecken geblieben,« klärte mich die Verzweifelte auf.

Ich faßte nun rasch den Kleinen, hob ihn in die Höhe und trachtete ihn durch neues Rütteln und Klopfen zu befreien, bis er auch glücklich, tief aufatmend, zu sich kam. Aber die Mutter, die inzwischen auch aufgestanden war, taumelte völlig vor Schreck. »Die Gefahr ist vorüber. Er hat sich verschluckt. Das kommt bei Kindern leicht vor,« sagte ich und setzte den Knaben wieder nieder.

»Nein, nur bei ihm!« entgegnete sie. »Er kann nicht recht schlingen. O wieviel Angst hatte ich dabei schon auszustehen!« Und sie strich ihm, sich liebevoll über ihn beugend, die Locken aus der Stirne.

Ich blickte dem Kinde ins Antlitz. Sein Auge starrte mich ohne jeden Anteil an; es blieb mir kein Zweifel, hier waren Körper und Geist gelähmt. Nun fand ich's passend, mich Hilda vorzustellen. Sie horchte bei meinem Namen auf: »Mein Mann« – Und mit einem plötzlichen Zusammenzucken fuhr sie, wie sich verbessernd, fort: »Ich glaube, ich habe schon von Ihnen gehört.«

So hatte ihr also Herbert von mir gesprochen. Ich war aber nicht so kühn, diesen Faden gleich weiterzuspinnen und sagte nur: »Sie sind hier allein; wenn Sie der Hilfe und des Schutzes bedürfen, verfügen Sie über mich.«

Ich sprach nun wiederholt mit Hilda und fand in ihr allerdings eine sehr stille, wohl allzu einsilbige Frau, deren Wesen im Verkehr dem Zauber, der von ihrer Erscheinung ausging, nicht gleichkam. Freilich stand ich ihr auch als Fremder gegenüber, der ja ein lebhafteres Entgegenkommen gar nicht fordern durfte. Ganz wundersam anders, von innerer Wärme durchströmt, erschien sie nur, wenn sie von ihrem Kinde sprach. Dabei schnitt es mir ins Herz, aus ihren Reden zu entnehmen, daß sie den Zustand des Kleinen für heilbar hielt.

»Er wächst stark,« sagte sie einmal, »in dem Maße, wie seine Entwicklung fortschreitet, wird er wohl auch dieses unglückselige Übel überwinden.«

Welche grausame Enttäuschung erwartet dich! ging es mir durch den Sinn.

Sie mochte mir meine Gedanken aus den Mienen lesen und fuhr fort: »Wär' es nicht möglich? Freilich, die Ärzte ermutigen mich nicht sehr; aber man hat doch schon ganz wunderbare Heilungen gesehen. O, wenn er mir zum mindesten am Leben bleibt! Ich brauche ihn als mein Letztes. Was soll ich denn noch in der Welt ohne ihn?«

Sie gewann allgemach ein solches Zutrauen zu mir, daß sie mir sogar von ihrem Gatten sprach. »Sie sind ein Freund Herberts,« begann sie ein andermal ganz aus eigenem Antriebe, »so wissen Sie wohl um alles Geschehene, ja, Sie stehen vielleicht bis zur Stunde mit ihm in Verbindung.«

Was war das? Sie sehnte sich nach einer Nachricht von ihm. »Nein!« entgegnete ich, »wir schreiben uns nicht, und ich erfuhr auch nur durch einen Zufall, was er an Ihnen verbrochen.«

»Verbrochen!« rief sie mit einer wunderbaren Milde in den Mienen. »Wenn Sie dabei nur an meinen Schmerz denken, ja; aber sonst! Wer fordert denn noch Treue, wenn er nicht durch sein Wesen bindet?«

Ich hielt sie diesmal mit einer gewissen Spannung bei dem begonnenen Gespräche fest und sagte: »Gab sich dieses Wesen vielleicht kühler, als es empfand, so daß es sich selbst seiner Macht beraubte?«

Dieses Wort schien sie ganz eigen zu treffen. »Ja, ja,« antwortete sie, »jetzt erst weiß ich's: ich war gegen Herbert nicht so, wie ich hätte sein sollen, ob ich es auch nicht schlecht meinte. Mich dünkt, die Krankheit meines Gottfried wurde für mich zum doppelten Unglück. Ich vergaß darüber alles andere in der Welt, mir war, als müsse ich ihm das volle Leben, das ihm fehlte, erst einhauchen, als hinge nur von meiner Sorge seine Genesung ab, und ich hoffe auf diese Genesung noch Tag um Tag. Wenn ich aber dadurch den Gatten kränken konnte, so war das doch ein Fehler in meiner Natur, und ich darf mich gegen das, was über mich gekommen, nicht auflehnen.«

»Mir sagte Herbert, er hätte Sie geliebt.« Und ich ruhte mit einem forschenden Blick auf ihr.

Eine leise Röte überflog ihr Gesicht. »Lassen wir, was *war* und unwiederbringlich verloren bleibt.«

Ich hatte ihr weh getan, und sie brach das Gespräch ab. Mir aber war es nun klar: diese Frau entbehrte gewiß nicht der Herzenswärme, und sie ward von ihrem Gatten arg verkannt.

Kurz darauf erhielt ich von meinem Freunde einen Brief, den man mir von Wien, wohin er gerichtet war, hierher nachschickte. Ich erkannte sogleich die Schriftzüge und öffnete nicht wenig gespannt den Umschlag. Welche Kunde! Er teilte mir mit, daß ihn die schwarze Ungarin um eines anderen willen verlassen hatte. Der Schluß seines Briefes lautete: »Ich bin nun gründlich gestraft. Aber ich will Dir heute nicht mein Leid klagen, meine Absicht ist nur, Dich zu fragen, ob ich zu Dir eilen darf. In der Not sucht man seine Freunde! wirst Du denken. Ja, ich fühl' es, daß ich auch gegen Dich in großer Schuld bin. Trotzdem wirst Du mir gewiß gern Deine Arme öffnen. Gib mir bald ein Zeichen!«

Also dahin war es gekommen! Freilich, dieses Ende brauchte mich nach dem Eindrucke, den ich bei jenem Zusammentreffen mit Herbert empfangen hatte, nicht zu überraschen. Und nun drängte es ihn zu mir! Zu mir, das heißt: hierher, wofern ich ihm nicht sonst wo ein Stelldichein geben wollte, hierher – welch ein Gedanke blitzte in mir auf! Wie, wenn ich, da sich schon alles so wundersam fügte, eine Wiedervereinigung der beiden Gatten versuchte? Ich erglühte völlig über diesen Einfall, von freudigem Eifer ergriffen. Später kühlte ich mich zwar wieder ab, da ich mir sagte, daß Hilda, so wenig sie Herbert grollte, über das Geschehene vielleicht doch nimmermehr hinweg könnte. Trotzdem hielt ich meine Absicht fest; ich beschloß nur, die unglückliche Frau vorsichtig auszuforschen, ehe ich es wagte, ihren Gatten herbeizurufen.

An einem der nächsten Abende machte ich mit Mutter und Sohn am Seegestade einen Spaziergang. Wir schritten die wunderbare Kunststraße an der Berglehne hinan, bis wir uns oben auf einem günstigen Aussichtspunkte niederließen. Gegenüber blitzte der mächtige Monte Baldo im goldenen Lichte, unter uns lag der See schon im Schatten. Von Norden her winkte das freundliche Arco aus Olivenwäldern herüber. Es war lauter Schöne und Herrlichkeit um uns. Ich blickte Hilda ins Auge und gewahrte, daß darin eine Träne glänzte.

»Wird er sich je an einem solchen Anblick erquicken können?« fragte sie mit Beziehung auf ihr Kind, das mit seinen erloschenen Augen stumpf vor sich hinstierte.

»Wer dürfte Ihnen diese Hoffnung rauben!« entgegnete ich. »Aber bauen Sie nicht darauf.«

»O, es gibt ja für mich keine Freude, die ich nicht mit einem geliebten Wesen teilen kann!« Und sie schien sich in Gedanken zu verlieren. »Vor Jahren durchzog ich auch den Süden – mit ihm! Wie mahnt mich das Bild, das sich vor uns ausbreitet, an so manches andere, das ich damals mit ihm geschaut, voll namenloser Seligkeit! Und jetzt!«

War das das kalte Weib, welches mein Freund unnahbar fand? Und wie mitteilsam hatte sie das Unglück gemacht! Ich ergriff den günstigen Augenblick und sagte: »Darf ich frei zu Ihnen sprechen, so kurz wir uns auch kennen?«

Sie nickte.

»Es ist auch nur mein Anteil, der mir den Mut dazu verleiht,« fuhr ich fort. »Lassen Sie mich Ihrem Denken und Trachten eine andere Richtung weisen. Es war ein Verhängnis, daß Ihnen der Himmel kein gesundes frisches Kindlein schenkte, ein Verhängnis, das Sie vielleicht als ein unabwendbares tragen müssen; dafür sollten Sie ein anderes Glück noch nicht ganz verloren geben, es könnte Ihnen ja, nachdem Sie so schwer geprüft worden, doch wieder erstehen.«

Sie sah mich groß an.

»Ich weiß, daß sich Herbert von jenem verführerischen Weibe getrennt hat (diese kleine Unrichtigkeit in meiner Darstellung mußte mir der Himmel verzeihen) und ich weiß, daß er sein Unrecht gegen Sie tief bereut.«

Ein flüchtiger Freudenschimmer glitt über ihr Antlitz, und sie fragte rasch: »Haben Sie Nachricht von ihm?« Dann aber fügte sie in trübem Ernste bei: »Was kann das ändern, wenn ich sein Herz nicht besitze? Will ich ihn denn gewaltsam an mich binden? So muß ich ihn nur beklagen, daß er in jener andern nicht gefunden, was er gehofft.«

»Ich begreife Ihre Empfindung, möchte Ihnen aber doch widersprechen,« versetzte ich. »Daß er nicht gefunden, was er gehofft, mag ihn erst ganz schätzen lehren, was er schon besaß.«

»O, auf solchem Wege im Werte zu steigen, was wäre mir das?« rief sie ziemlich lebhaft. »Es ist nicht Stolz, wenn ich diesen Triumph verschmähe; ich erkenne nur, daß er mir kein Glück gewähren könnte.«

»Kein Glück? Vielleicht nicht mehr ganz das alte, aber doch ein anderes, das immer noch schön sein mag,« warf ich ein. »Wer durch Schuld und Irrtum seinen rechten Gott finden lernt, darf ja auch um Erhörung flehen. Und kenne ich das weibliche Herz so schlecht? Sie liebten doch Herbert, lieben ihn bis zur Stunde: wie sollten Sie da nicht verzeihen und vergessen können?«

»Sprechen Sie denn in *seinem* Namen?« fuhr sie plötzlich heraus.

»Nein, nicht in seinem Namen, er weiß ja gar nicht, daß ich Sie kenne; aber gewiß in seinem *Sinne*, wenn ich mich nicht ganz in ihm täusche.«

»O gaukeln Sie mir nicht vor, was doch nicht mehr aufzubauen ist! Es sticht mir nur ins Herz.« Und ihr Auge starrte über die verdämmernden Berge in den bleichen Abendhimmel.

Ich war für jetzt zufrieden und drang nicht weiter in sie. Der lebhafte Anteil, mit welchem sie wieder nach Herbert gefragt hatte, ließ mich das Beste hoffen. Auf dem Heimwege, den wir nun antraten, sprachen wir von gleichgültigen Dingen.

Nun trat in dem Zustande Gottfrieds eine Wendung ein, die, so schmerzlich sie an sich war, mir für die Erfüllung meiner stillen Absichten sehr verheißungsvoll erschien und mich zu raschem Handeln bestimmte. Dem Knaben wurde von Tag zu Tag übler. Seine Erstickungsanfälle wiederholten sich immer öfter, was ich für ein Zeichen nahm, daß sich da eine allgemeine Lähmung vorbereitete. Endlich mußte auch ein Arzt zu Rate gezogen werden, und dieser bestätigte mir meine Vermutung. Da sandte ich denn an Herbert die folgende Antwort: »Ich bin hier – mit Deiner Frau und Deinem Kinde. Komme unverzüglich, wenn Du es als ein Reuiger mit den ehrlichsten Absichten kannst. Deine Frau ist eine Perle und liebt Dich innig, ich weiß es. Glaubst Du aber, daß euer Kind, das in ihrer Leidenszeit ihr einziger Besitz war, sie von Dir trennte, so wisse es: dieses Kind ist dem Tode nahe. Willst Du ihr dafür den Gatten wiedergeben, geläuterten Herzens, ohne je zu wanken? Ich hoff' es, und darum rufe ich Dich hierher. Also schnell! Zeige mir aber Deine Ankunft an; sie darf Dich nicht unvorbereitet sehen.«

Es kamen nun bewegte Tage, auch für mich. Mein Verkehr mit Hilda wurde sehr eingeschränkt; denn der kleine Gottfried konnte jetzt nicht mehr das Zimmer verlassen. Er lag fast völlig ohne Bewußtsein auf seinem Bettchen und vermochte nur noch flüssige Nahrung aufzunehmen.

»Soll mich auch das noch treffen?« rief Hilda trostlos mit einem Blick auf das todkranke Kind, da ich sie einmal besucht hatte. »Ich habe mir von dem Aufenthalte im Süden ganz anderes erwartet. Was beginn' ich nun?«

»Wenn je ein Wunder geschehen sollte, so hätte es Ihre aufopfernde Mutterliebe verdient,« gab ich zurück. »Aber das Wunder bleibt aus, und daß Sie einmal hofften, läßt Ihnen das, was Ihnen bevorsteht, doppelt zermalmend erscheinen. Nur eins tröste Sie: war Ihr Kind nicht zu heilen, so hätte Ihnen dieses im Innersten zerstörte Leben doch stets ein wehevoller Anblick sein müssen.«

Ein dumpfes Röcheln klang von dem Knaben herüber, und sie wandte sich unter Tränen zu seinem Bette.

Von Herbert war inzwischen ein Brief voll überströmender Empfindung eingetroffen, und gleich darauf kam er selbst.

Sein Anblick erschreckte mich, so abgehärmt war sein Gesicht. »Wie siehst du aus?« rief ich, seine zitternde Hand in der meinen haltend. »Ist das der Schmerz um die treulose Ungarin, oder deine Reue?«

»Sei nicht grausam,« erwiderte er. »Ich habe in dieser Zeit viel gelitten, schon vor der Trennung von Sarolta. Nachdem der erste süße Rausch vorüber war, hatte ich eigentlich keine ruhige Minute mehr. Ich glaube, mir fehlt schon zu sehr der Mut zur Sünde, der Trotz, der ungebrochen aufrecht erhält, was er einmal getan. Das war auch ohne Zweifel der Grund, weshalb sich jenes Weib wieder von mir abwandte. Sie braucht einen andern Mann, der das Leben so leicht nimmt wie sie. Und wie denkt Hilda? Du hast ihr also von mir gesprochen?«

Ich nickte.

»Und? und?« drang er gespannt in mich.

»Ich hätte dich nicht gerufen, wenn ich nicht hoffte.«

»Und wie steht's mit meinem armen Gottfried?«

»Er ist aufgegeben.«

»So laß mich ohne Säumen hin!«

»Nein, jetzt noch nicht; aber du wirst wohl nicht lange warten müssen.«

»O wie mich's nach den Teuern verlangt!«

Ich hatte für meinen Freund in einem anderen Hotel ein Zimmer gemietet, und da Hilda nie von der Seite ihres Kindes wich, brauchte ich nicht zu fürchten, daß er mit ihr vorzeitig zusammentreffen könnte. Doch war unterdessen der Augenblick, den ich erwartete, schon herangekommen; denn als ich, von Herbert nach Hause schreitend, auf der Straße dem Arzt begegnete, flüsterte er mir zu: »Das Kind wird den heutigen Tag kaum mehr überleben.« Dies bestimmte mich, flugs umzukehren. Ich holte meinen Freund und verbarg ihn in meinem Zimmer.

Die Zofe Hildas hatte ich schon früher gebeten, mir von jeder bedrohlichen Veränderung im Befinden des Kranken sogleich Nachricht zu geben. Von ihr erfuhr ich nun, daß sich sein Röcheln immer beängstigender steigere und er ohne Zweifel im Todeskampfe liege.

Da trat ich bei Hilda ein und sagte: »Sollten Sie es dem Vater nicht gewähren, noch sein sterbendes Kind zu sehen? Rufen wir nicht rasch Herbert herbei?«

Sie blickte nur schluchzend von dem Kleinen auf, neben welchen sie sich niedergekniet hatte.

»Also darf ich?«

»Zu spät!« Und sie warf sich wieder auf Gottfried. »Er stirbt ja schon.«

Inzwischen hatte ich den draußen harrenden Herbert rasch hereingezogen. »Nein, es ist nicht zu spät!« rief ich, ihn vor mich hinschiebend. »Und dieses Wort gelte für alles, was in diesem Augenblick meine Gedanken erfüllt.«

»Hilda! Gottfried!« rief er mit bebender Stimme und sank an der andern Seite des Bettes nieder.

Sie hob das Haupt und blickte ihn starr, wie geistesabwesend, lange an. Sie schien seine völlig veränderten Leidenszüge gar nicht zu erkennen, dann aber davon immer mehr ergriffen zu werden. »Bist du's?« glitt es jetzt von ihren Lippen. »Wie kommst du so plötzlich hierher?«

Er hatte über das kranke Kind hinweg ihre beiden Hände erfaßt und küßte sie unter hervorquellenden Tränen. Der kleine Gottfried atmete jetzt kaum mehr wahrnehmbar, und aus seinen erlöschenden Augen flog noch ein irrer Blick über die Eltern, die zu seinen beiden Seiten knieten.

»Es ist aus mit ihm!« schluchzte Hilda, sich wieder auf ihr Kind besinnend. Auch Herbert neigte sich über den Kleinen, und wie jetzt jedes der beiden eines seiner Händchen fest umklammerte, ging seine Seele hinüber.

Ich stand tief bewegt zur Seite, während Vater und Mutter ihrem Schmerze vollen Lauf ließen. Dann sagte ich: »Ihr habt euch am Sterbebette eures Kindes wiedergefunden. Wie kam's, daß es euch je zu trennen vermochte? Seid nun gefeit gegen alles Irrsal und haltet einander fest für alle Ewigkeit.«

Im nächsten Augenblicke lagen sich die beiden Gatten in den Armen.